U0037763
大地

大師童心

給「心」洗洗澡

新美南吉・島崎藤村・法瓊・愛蓮娜・內田百閒・笹岡利宏
芥川龍之介・宮澤賢治・壺井榮・野村純三・宮川博・鶴見正夫 著
姚巧梅 譯

「大師童心」譯序

給「心」洗洗澡

新美南吉、宮澤賢治、芥川龍之介、島崎藤村、壺井榮、內田百閒，都是二十世紀在日本文學史上留名的作家，也就是所謂的主流作家。

新美和宮澤的作品流傳至今。日本的小學、中學教科書少不了兩位作家的作品，而作家標榜的是積極美麗的人生。相對於此，赫赫有名的芥川，把他對人性黑暗面尖銳的洞察寫進童話，不留情面的凜冽文風和一般點到爲止溫暖甜美的童話很不一樣。寫了被譽爲日本十大小說之一作品的島崎，把他對嚴肅人生的看法化作象徵意味濃厚的故事，體現其偏好思考人與人生本質的傾向。內田百閒師承鼎鼎大名的夏目漱石（一八六七～一九一六），諧謔本色與其師的名作「我是貓」不分軒輊。

文藝作品的骨幹在於思想的提示和藝術性的描寫。上述作家的作品多半偏重思想的提示。有關藝術性的描寫，則宮澤的「夜鷹之星」、新美的「買手套」和芥川的「蜘蛛絲」都有傑出的表現。

至於女作家壺井榮，則描敘與陽剛男作家不一樣的女性心理，女性的道德觀往往建立在對人的關懷和母性愛之上。而唯一的外國作家愛蓮娜的作品「瑪羅婆婆」，寫的也是接近宗教情懷的母性愛。本文從日文版翻譯，原文是散文詩。西方世界瑪羅婆婆的無私與東方世界母親的公正，兩位女作家均有意彰顯女性捨己爲人的美德。這些作家都已作古，但作品的啓發性歷時而彌新。

史上留名的作家願意爲孩子或有童心的大人寫作，是謙沖爲懷不固步自封。

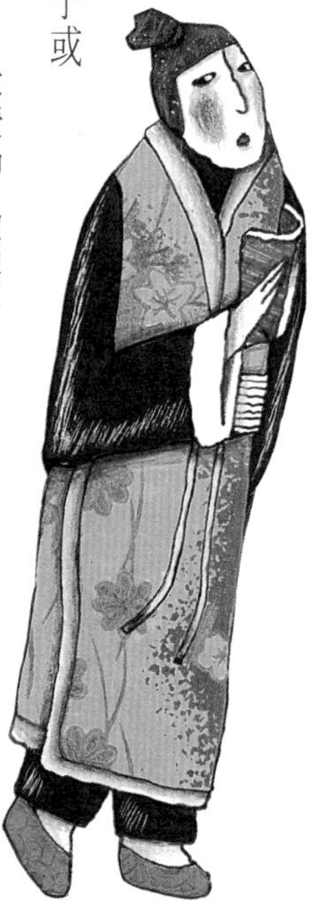

現代作家則有野村純三、宮川博、鶴見正夫、笹岡利宏。宮川博是女作家，和野村一樣都是教育工作者。鶴見一心在兒童文學的領域耕耘，笹岡的領域則比較廣泛，除了寫作也作畫。與在十九世紀出生的前述作家相比，相隔近一百年後出生的作家的作品風格及關懷的主題雖不盡相同，但異中亦同。他們都堅信好的故事對人生路上正舉步向前的孩子，具有潛移默化的教育作用，能爲他們的心靈花床播下美好的種籽。

翻譯這些作品，是六年前完成學業甫歸國那段頗爲忙亂的日子。作品的選擇沒什麼系統，手邊有什麼就譯什麼。閱讀或動手譯這些作品，不知不覺地也像在爲自己的心靈準備美麗的花床。兒童文學的天地畢竟純淨直樸，悠遊在這個天地的時候，那一層一層因擾攘喧囂的生活所蒙上的心靈塵垢，獲得了洗滌。

願意花費成本製作日文版的吳錫清先生的信心，令人感動。感謝老友魏淑貞在精神上的鼓勵。我沒見過插畫家葉慧君，但知道她喜歡這本小書，一心一意要畫好插圖。還有，我的日本朋友中島比，在日文版方面的校對上，他做得非常仔細。

目錄

蝸牛的悲哀

◎原作／新南美吉

有一隻蝸牛。

有一天，那隻蝸牛想到了一件不得了的事：

「直到現在，我都沒有注意到，
我背上的殼裡面，可不是裝滿了悲哀嗎？」

這個悲哀怎麼處理好呢？

蝸牛去找他的蝸牛朋友去了。

那隻蝸牛跟朋友說：「我已經活不下去了。」

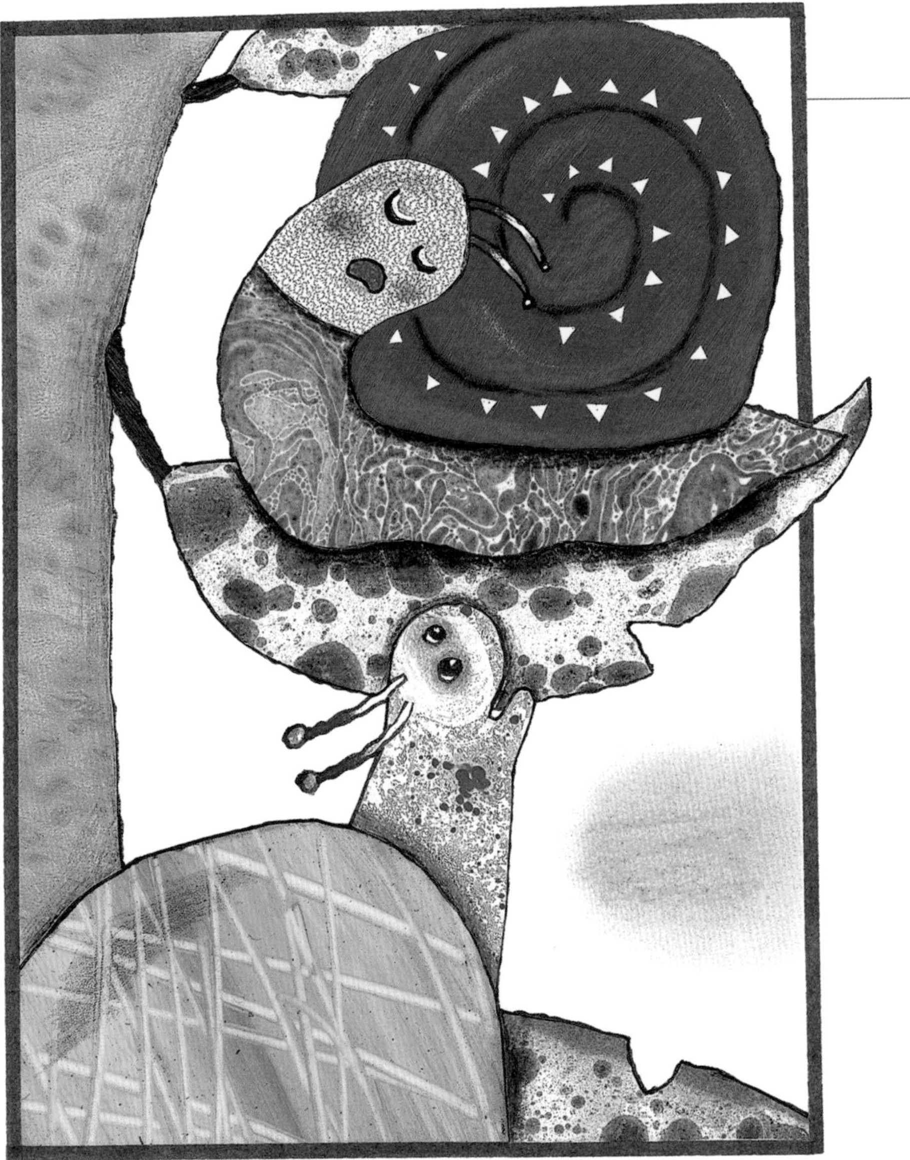

朋友蝸牛問他：「怎麼啦？」

「我是多麼的不幸呀！我背上的殼裡面裝滿了悲哀。」

第一隻蝸牛說道。

然後，朋友蝸牛說話了：

「不只是你，我的背上也裝滿了悲哀。」

第一隻蝸牛心想，真沒法子，

只好再去找別的蝸牛訴苦。

然後，那個朋友又說：

「不只是你，我的背上還不是也裝滿了悲哀。」

於是，第一隻蝸牛又到別的朋友那裡去。

就這樣，他一個又一個的尋訪朋友，

但是，不管是哪個朋友，都說一樣的話。

終於，第一隻蝸牛注意到了：

「不只是我，每個人都有悲哀。

我必須化解自己的悲哀才行。」

新美南吉小傳

新美南吉（一九一三～一九四三），本名渡邊正八，兒童文學家。和另一名作家宮澤賢治並駕齊驅，被稱爲日本兒童文學雙璧。

作家出身愛知縣鄉下，母親早逝，父親再娶。幼時的生長環境和家庭問題，形成敏感早熟的性格。喜愛大自然，自然界的動植物是作品的主角。作品裏經常融入詩般景物的描寫，展現了詩人的感性和才華。他也寫童詩、童謠、散文、戲曲和評論。

新美南吉的小說分成三種類型，即幼年童話、民俗童話和青少年小說。「探討不同屬性者靈魂交流的可能性」是其作品重要的主題之一。例如，人與動物、動物與植物、成人與孩子、國籍不同人種的交流，以至於文明與傳統的對立等。

鵝的生日

有個農家院裡，住著鴨子、鵝、土撥鼠、兔子和鼬等動物。

有一天，鵝過生日，

大家都被招待到鵝那兒吃生日大餐。

只要再把鼬鼠找來，客人就算到齊了。

可是，鼬鼠怎麼辦呢？

大家都知道鼬鼠不是壞人，

但是，鼬鼠有一個壞習慣。

那習慣不太方便在很多人面前提，

說起來，沒別的，就是會放很大聲很刺鼻的屁。

不過，不招待鼬鼠的話，鼬鼠鐵定會生氣。

於是，兔子就到鼬鼠那兒交涉去了。

「今天是鵝的生日，請來參加。」

「喔，是這樣的呀。」

「不過，鼬鼠先生，我們有一個請求……….。」

「什麼事？」

「嗯……，很對不起，今天請不要放屁。」

鼬鼠害羞得臉都紅了。

然後，回答說：「好，絕不。」所以鼬鼠也出席了。

食物非常地豐盛。

有豆腐渣、紅蘿蔔梢兒、黃瓜皮和什錦湯等等。

大家吃得飽飽的。

大家心想，一切都很順利，因為鼬鼠沒有放屁。

但是，事情終於還是發生了。

鼬鼠突然倒了下來，氣絕了。

哇，不得了。土撥鼠醫生趕緊檢查鼬鼠脹得鼓鼓的肚子。

「各位，」土撥鼠很擔心似的，

環顧了每個人的臉之後，說道：

「這是呀，鼬鼠強忍著想放的屁造成的。

要醫好這個病，除了讓鼬鼠先生痛痛快快地放屁以外，

沒有別的辦法。」

唉呀呀，大家嘆了口氣，面面相覷。

心想，真不該找鼬鼠來的。

不過，如果只要放屁，病就可以治好，

這麼簡單的事，那麼，大家也就放心了。

去年的樹

一棵樹和一隻鳥感情非常好。

小鳥整天在那棵樹的枝椏上唱歌，樹整天聽小鳥唱歌。

但是，寒冬快到了，小鳥必須離開樹避寒去。

「再見！請明年再來唱歌給我聽。」

樹說道。

「好，請等我。」

小鳥說完，就飛向南方去了。

春天來了，原野和森林的雪融化了，

小鳥又飛回好朋友樹這裡來。

可是，怎麼回事？樹已經不在那裡了，只留下樹根。

「曾經站在這裡的樹哪兒去了？」

小鳥問樹根。樹根說道：

「樵夫用斧頭砍倒後，運到山谷去囉！」

小鳥飛回山谷。

山谷底有座大工廠，傳來鋸樹的乒乓聲。

鳥停在工廠門上，問道：

「門先生，你知道我的好朋友樹怎麼了嗎？」

門說了：

「樹呀，在工廠裡被鋸得細細的，做成火柴，

賣到那裡的村裡去了。」

小鳥向村子飛去。

有個女孩子坐在燈旁邊，小鳥問道：

「喂，妳知道火柴怎麼了嗎？」女孩說道：

「火柴已經燒掉了，不過，火柴點上的火，

現在仍在這個燈裡燃燒著。」

小鳥靜靜地凝視著燈裡的火。

然後，唱起去年的歌給火聽。

火搖搖晃晃閃動著，看起來像是打從心裡高興似的。

唱完歌以後，小鳥凝視著火。

後來，不知飛到哪裡去了。

兩隻青蛙

綠色的青蛙和黃色的青蛙在稻田的正中央突然碰上了。

「呀，你身上的顏色是黃色哩，好髒的顏色！」

綠色的青蛙說道。

「你呢，綠色！你以為自己有多美呀？」黃色的青蛙說道。

這樣的對話，絕不會有什麼好事。

兩隻青蛙終於開始吵起架來了。

綠色青蛙跳上黃色青蛙背上。這隻青蛙很擅長跳躍。

黃色青蛙用後腿猛踢沙子，

使得對方必須不停地撥開掉進眼珠的沙子。

就在這個時候，颳起了寒風。

兩隻青蛙想起冬天很快就要來了。

青蛙們必須鑽進土裡避寒。

「春天來了以後，再決勝負！」綠色青蛙說完，鑽進土裡。

「現在說的話可給我記住喔！」黃色青蛙也鑽進土裡。

寒冷的冬天降臨。

青蛙們鑽進的泥土上面，

北風咻咻地吹過，結成霜的柱子豎立著。

春天翩然到臨。

睡在土裡的青蛙們感受到背上的土變暖和了。

首先，綠色青蛙張開眼睛，跳到地面上。

其他青蛙都還沒有出現。

「喂喂，起來了，春天來囉！」

牠對著土裡喊道。然後。黃色青蛙跳出來說道：

「呵，春天了呀！」

綠色青蛙說道：「去年吵架的事忘記了嗎？」

黃色的青蛙說道：「等等，先把身上的泥土洗掉後再說！」

兩隻青蛙為了洗掉身上「黏搭搭」的泥土，跳向池塘。

池塘裡，滿溢著新湧出的像檸檬汽水般清涼的水。

青蛙們朝池子裡噗通噗通地，跳了進去。

洗了身子以後，綠色青蛙眨著眼睛說道：

「啊，你的黃色，真美！」

黃色的青蛙也說：

「說起來，你的綠色才棒呢！」

然後，兩隻青蛙異口同聲地說道：

「別吵了吧！」

睡飽了以後，人和青蛙的心情都會變好。

紅蠟燭

從山裡到村莊玩耍的猴子檢到一支紅蠟蠋（注）。

紅蠟蠋是不常見的東西。所以，猴子以為紅蠟燭是花炮。

山裡引起了很大的騷動。再怎麼說，花炮這玩意兒，

不管是鹿、山豬、兔子、烏龜、鼬鼠、貍、狐狸，

大家一次也沒有看過！猴子把那個花炮撿了回來。

「呵，真棒！」

「這玩意帥呆了！」

鹿、山豬、兔子、烏龜、鼬鼠、貍、狐狸，

互相擁擠窺伺著紅蠟燭。然後，猴子說道：

「危險危險！不可以那麼靠近，會爆炸的！」

大夥兒嚇了一跳紛紛向後倒退。

於是，猴子告訴大夥兒花炮會發出多大的聲音，飛迸出去，然後會如何美麗地在天空擴散開來。

大家都忍不住想見識這美麗的景觀。

「那麼，今天晚上，到山頂去，在那兒發射看看吧！」猴子說道。大家高興極了。

夜空裡，彷彿佈滿星星般煙火迸散開來的景象浮現眼前，大夥兒想像得出神了。晚上，大夥兒興奮地爬到山頂上。

猴子早已用樹枝綁著紅蠟燭等候著大家。

終於到了要發射火炮的時候了。可是，麻煩的事卻發生了。什麼事呢？沒有人敢點燃花炮。

大家都喜歡看煙火，但是，不喜歡做點火的困難差事兒。這麼一來，花炮不能升空了。

於是，用抽籤的方式決定由誰來點燃。

第一個抽到的是烏龜，烏龜提起精神走向花炮。

可是，牠能高明地點上火嗎？

不行、不行！烏龜一走近花炮旁，

自然的很快地就把頭縮進去再也不肯伸出來了。

於是，只好再抽一次籤。這次，換鼬鼠去。

鼬鼠比烏龜稍微好一點兒，那是因為牠沒有把頭縮進去。

不過，鼬鼠是個大近視眼，

所以，一直慌張地在花炮旁邊打轉。

山豬終於出馬了，山豬真是勇猛的動物，

山豬真的趨近點上了火。

大夥兒吃驚地跳進草叢裡緊緊地摀住耳朵。

不僅耳朵，連眼睛都矇了起來。

然而，蠟燭連砰的聲音都沒有，只是靜靜地燃燒著。

注：一九三〇年代在祭典和婚禮中使用的日本式蠟燭，上粗下細。

買手套

寒冷的冬天從北方降臨到狐狸母子棲息的森林。

有一天清晨，小狐狸本來想走出洞穴，

但是，「啊！」的喊了一聲以後，

一面按著眼睛，一面滾向狐狸媽媽的身旁，說道：

「媽媽，眼睛像被什麼刺到，拔出來拔出來，快！快一點！」

狐狸媽媽嚇了一跳，手忙腳亂、

戰戰兢兢地把孩子按著眼睛的手撥開一看，什麼也沒有。

狐狸媽媽從洞穴口走到外面後，才知道是怎麼回事。

昨天一夜之間，下了好多白雪。

由於太陽光燦燦地照射在雪地上，

雪反射出眩目的光芒。

從來沒有看過雪的小狐狸，因為眼睛受到強烈的反光，

以為被什麼刺到了呢。小狐狸出外玩耍去了。

當他在絲棉般柔軟的雪地上奔跑時，

雪的粉末有如飛濺的水沫似的四處亂竄，

清楚地反射出小小的彩虹。

這時，背後突然傳來很大的聲音：

「嘩啦嘩啦！」

麵粉般的雪屑嘩地從上面向小狐狸掩蓋了下來。

小狐狸吃了一驚，

滾在雪裡逃到十公尺外的另一頭去了。

心裡納悶著到底那是啥玩意啊？

但回頭一看，卻什麼也沒有。

原來，是積雪從樅樹的樹枝上掉了下來，

雪像白絲線似的不停地從樹枝和樹枝之間撒落下來。

不久，回到洞穴的小狐狸說道：

「媽媽，手手好冷，替我暖暖手手。」

然後，把溼了的變淺桃紅色的雙手伸了出去，

狐狸媽媽對著小狐狸的手吹氣，

用溫暖的母親的手柔軟地將小手圈了起來，一面說道：

「很快就會暖和的唷，雪搓一搓，手很快就暖和嘍。」

心裡一面想著，心愛的孩子的手萬一凍傷就太可憐了，

入夜以後，到街上去，替孩子買一雙合手的毛線手套吧。

很黑很黑的夜，

宛如攤開來的布包袱的陰影裹住了原野和森林，

雪太白了，再怎麼包裹仍白白地浮現出來。

銀色狐狸母子出了洞穴。小狐狸鑽到媽媽的肚子下面，

邊睜著圓圓的眼睛邊四處張望走向前去。

終於，前方開始看得見一小點的燈光，

小狐狸發現了，問道：

「媽媽，星星也掉到那麼低的地方呀？」

「那可是不是星星唷！」

狐狸媽媽停下來，說道：「那是鎮上的燈呢。」

看到鎮上的燈，狐狸媽媽想起有一次和朋友一起上街時，

曾遭遇意料之外的災難。

不聽勸告的狐狸朋友，想偷人家的鴨子被農夫撞見，

結果被追趕得四處奔竄好不容易才逃了出來。

「媽媽，在幹嘛？趕快走呀！」

小狐狸在媽媽的肚子下面催促著，

可是，狐狸媽媽怎麼都無法向前走了。

沒辦法，只好讓孩子自己上街去了。

「乖孩子，伸出一隻手就好，」

狐狸媽媽說話了。

狐狸媽媽握了那隻手一會兒後，

那隻手竟完全變成了可愛的人類孩子的手了。

小狐狸好奇地張開闔住那隻手，又捏又嗅的。

「好奇怪喔，媽媽，這是什麼？」

說著，藉著雪光，頻頻地看著自己那隻變成人類的手。

「那是人類的手呢。聽好，孩子！到了街上，

會看到很多人住的房子，

記得先找一間

門前掛著圓帽子招牌的屋子。

找到了，就咚咚地敲門後

打聲招呼說晚上好喔。

然後呢，裡面的人會把門打開一點兒，

你把這隻手，

嗨，就是隻人手從門縫伸進去，

然後說請給我合手的手套！

聽懂了吧，千萬不可以伸出另外一隻手手喔！」

狐狸媽媽吩咐小狐狸。

「為什麼？」小狐狸反問道。

「人類呀，如果知道對方是狐狸，是不肯賣手套的。

不只這樣，還會把你抓起來關進籠子裡呢！

人類是很可怕的唷！」

「哦……。」

「絕對不可以伸出另一隻手喔，是這一隻，

嗨，要伸出去的是這隻人的手唷！」

說完，狐狸媽媽把帶來的兩個價值五錢的銀白色銅幣，

遞給小狐狸讓他握在那隻人的手裡。

小狐狸以鎮上的燈為目標，

東倒西歪地走在亮著雪光的原野上。

剛開始只有一個點的燈變成兩個三個，

到了最後已增加到十個。小狐狸看著燈光，
覺得燈光也和星星一樣有紅、有黃色和藍色哩。
好不容易到了街上，可是路人的每户人家都關了門，
只有溫暖的光從高高的窗户瀉落在雪地上。
由於門前的招牌多半點著小電燈，
小狐狸邊藉著燈光邊找帽子店。
一路上有腳踏車店的招牌、
眼鏡行的招牌以及其他各種的招牌，
有的用新油漆畫、有的像舊牆壁般的剝落了，
但是第一次上街的小狐狸，
完全都不知道那些究竟是什麼東西。
終於找到帽子店了。
媽媽一路上教他的、那個繪有黑色大禮帽的招牌，
在藍色電燈的照耀之下懸掛著。
小狐狸照媽媽說的咚咚地敲了門。

「晚上好！」

然後，屋裡窸窸窣窣地發出聲音，

門終於很快地打開了約三公分，

光影映在白色雪地上拉得長長的。

由於那道光線太耀眼，小狐狸嚇了一大跳，

慌張地把不對的那隻手──媽媽再三交代不能伸出的那隻手，

從門縫裡伸了進去。

帽子店的老闆心想哎呀！是狐狸的手呢。

「請給我這隻手手能戴的手套！」

狐狸的手在要手套哩。

轉而又想，一定是拿樹葉當錢來買。

因此，問道：「請先付錢！」

小狐狸老實地把一路上握著兩個銀白銅板交給帽子店老闆。

帽子店老闆把銅板放在食指上，湊到一塊兒，

銅板發出鏘鏘的聲音，確定了這不是樹葉是真的錢以後，

就從架上取出孩子用的毛線手套讓狐狸拿著。

小狐狸道了謝，再度踏上來時的歸路。

小狐狸心想：「媽媽說人類是很可怕的東西，可是一點兒不可怕！看到了我的手，什麼也沒做嘛！」

不過，小狐狸倒想看看人類到底長什麼樣子。

他路過一間房子的窗下，傳來人的聲音，那真是好溫柔、好美、好穩靜的聲音呀：

「睡啊，睡啊，在媽媽的手臂裡……。」

小狐狸心想，那歌聲一定是人的母親的聲音。

因為，小狐狸睡覺的時候，狐狸媽媽也是用那種溫柔的聲音搖他入眠。

然後，這次是小孩子的聲音在說話：

「媽媽，在這麼冷的晚上，森林裡的小狐狸是不是會哭著說好冷好冷……。」

於是，媽媽出聲了：

「森林裡的小狐狸聽著狐狸媽媽唱歌，

在洞穴裡正要睡著了吧。

呵，乖寶寶你也趕快睡。

看森林裡的小狐狸和小寶寶誰先睡著？

一定是小寶寶先睡著。」聽了這段對話，

小狐狸突然懷念起媽媽，

趕緊朝狐狸媽媽在的地方跑了過去。

狐狸媽媽既擔心，又哆嗦地望眼欲穿地等候小狐狸回來。

小狐狸一回來，

狐狸媽媽就緊緊把他抱在暖和的懷裡高興得想哭。

兩隻狐狸走向森森回家了。

月亮出來了，狐狸的長毛銀光閃耀，

足跡上映著帶綠色的深藍光影。

「媽媽，人，一點兒也不可怕嘛！」

「怎麼說呢？」

「我呀，弄錯了，把真的手手伸了出去，

可是，帽子店的人沒把我抓走嘛，

還給我了這麼好的暖和的手套呢！」

說完以後，戴著手套的雙手還啪啪啪地拍給媽媽看。

「啊啦！」狐狸媽媽嚇了一跳，然後，

低聲地說道：「人，真的好嗎？人，真的好嗎？」

一年級學生和水鳥

上學途中，有一個大水池。

小學一年級學生們早晨會從那裡走過。

五、六隻水鳥，黑黑的身子浮在水池上面。

一年級學生會慣例地異口同聲唱道：

水鳥，水鳥，我們給你丸子吃，你潛進水裡吧！

然後，水鳥就會把頭噗通地鑽進水裡，

看起來像因為能得到丸子而感到高興似的。

可是，一年級學生並沒有給水鳥丸子吃，

去上學的途中，沒有孩子帶丸子之類吃的東西。

一年級學生，到了學校。

在學校，老師教他們：「各位同學，不可以說謊！

說謊是很不好的事。從前的人，如果撒謊死了以後，

舌頭會被赤鬼用鉗子拔掉的唷！

不可以說謊，嗨，明白的人，舉手。」

每個人都舉手，因為大家都懂了。

放學後，一年級學生們又路過水池旁。

水鳥還在，彷彿在等一年級學生們下課似的，

從水面上望著他們。

水鳥，水鳥，一年級學生又慣例地開始唱歌，

可是，接下來就沒得唱了。

因為如果唱：給你丸子，潛進水裡吧！

那就等於撒謊了，今天，學校老師才告誡不能說謊呢。
怎麼辦？什麼都不做就這樣走過，又覺得可惜，
而且，水鳥一定感到失望。
於是，大家齊聲唱道：水鳥，水鳥，不給你丸子吃，
可是，潛進水裡吧！
然後，水鳥果然還是很有精神地噗通鑽進水裡。
大家都明白了。
直到現在，水鳥並不是想吃丸子才鑽進水裡。
是因為被一年級學生們叫喚，
很高興，所以才表演潛水的！

麥芽糖球

一個暖和的春日。一名帶著兩個孩子的行旅女人搭上渡船。船正要划出的當兒，「喂，等等！」一名武士在堤防那邊一面揮手，一面跑過來跳上船。船划了出去。

武士沈甸甸地坐在船正中間，天氣非常暖和，武士很快地就開始打起盹來了。

長著黑鬍子，很強壯似的武士打瞌睡的模樣，
孩子們覺得很好笑，吃吃地笑了起來。
母親將手指貼近嘴唇說道：「別出聲！」
孩子們安靜了下來。
不一會兒，其中一個孩子伸出手來說話了：
「娘，給我麥芽糖球吃！」
然後，另外一個孩子也說了：「娘，我也要！」
母親從懷裡掏出紙袋，糖果只剩下一顆了。
「給我！」
「給我！」
兩個孩子在旁央求。
糖果只有一顆，做母親的為難極了，
「你們都是好孩子，等一下到了對岸，再給你們買。」
雖然這麼說著，可是，孩子們還是給我給我地嚷著撒嬌。
正在打瞌睡的武士，

突然眼睛睜得圓大地看著耍賴的孩子們。

母親吃了一驚，她心想，

正在打盹兒受到了干擾，武士一定生氣了。

「乖點兒！」

母親安撫著孩子們。

可是，孩子們根本不聽。

這時，只見武士颼的拔出劍來，走到母親和孩子們面前，

母親臉色蒼白，連忙護著孩子們，

她以為武士要砍殺擾亂了他睡眠的孩子們。

「把糖果拿來！」

武士說道：母親戰戰兢兢地交出糖果。

武士把麥芽糖球放到船邊，用劍啪的把糖劈成兩半後，

「嘿！」的一聲，把糖分給了兩個孩子。

然後，坐回原來的地方，又開始打起瞌睡來了。

幸福

◎島崎藤村／原作

「幸福」去拜訪各個家庭。

沒有人不想獲得幸福，

無論到哪個家庭拜訪，都一定大受歡迎。

可是，這麼一來，就無法辦識人心了。

於是，「幸福」穿上很窮很破像乞丐似的衣服。

打定主意，不管誰問起來，

都不說自己是「幸福」，而說是「貧窮」。

如果有人看到即使穿得這麼窮苦衣服的自己

而仍然歡迎的話，就將幸福分給那個人的家。

「幸福」去拜訪各個家庭，去到一個養狗的人家。

走到那個人家的門前，「幸福」站住了。

那户人家並不知道「幸福」來訪，

看到一個像乞丐似的人站在門口，出聲問道：

「你是誰呀？」

「我是『貧窮』呀？」

「我們家拒絕貧窮！」

說完，那户人家砰的一聲把門關起來了。

而且，那家人養的狗還趕人似的吠了起來。

「幸福」很快地一溜煙走掉了。

這一次，走到養著雞的人家前面，站住了。

051 幸福

那戶人家看來也不知道是「幸福」來訪，

只見令人討厭的傢伙站在家門口，

於是，皺起眉頭問道：

「你是誰呀？」

「我是『貧窮』！」

「啊，是『貧窮』呀？我們家已受夠了『貧窮』！」

那戶人家重重地歎了口氣。

然後，想起自己養的雞。

很窮苦的像乞丐的人臨門，不會是偷雞來的吧。

「咕、咕、咕、咕。」

那戶人家的雞發出小心翼翼的聲音叫了起來。

「幸福」離開了那戶人家。

這一次，來到養著兔子的人家前面，停住了。

「你是誰呀？」

「我是貧窮呀！」

「啊，『貧窮』呀。」

說著，那戶人家的人走出來一看，

只見一個看起來像窮苦乞丐的人站在門口。

那戶人家似乎也不知道「幸福」來訪，

但看來像是個有同情心的人，

他從廚房拿出一個飯糰來，說道：

「哪！吃這個吧。」

那戶人家除了給飯糰，還配了塊醃製的黃蘿蔔乾。

「吁、吁、吁、吁。」

兔子打著大大的鼾聲，

很快樂似地睡著午覺。

「幸福」很清楚這個人家的心了。

僅只有一個飯糰、

一塊醃黃蘿蔔乾，

也能知悉人心深處。

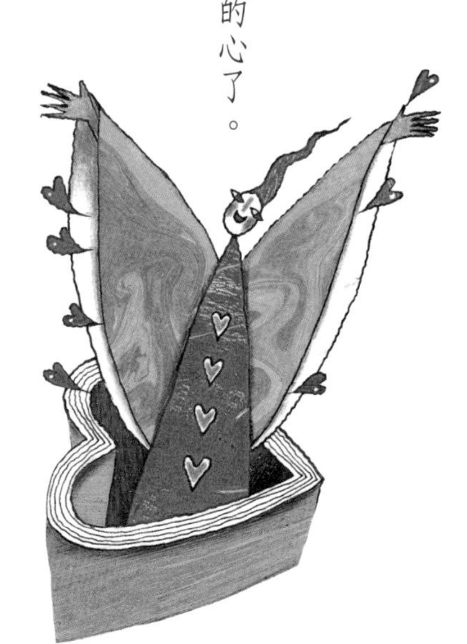

他非常地高興，
就把幸福分給那個養著兔子的人家了。

島崎藤村小傳

島崎藤村（一八七二～一九四三），本名島崎春樹，小說家、詩人。

成名作『破戒』，是一部描寫出身低微被歧視部落的小學教師，從隱瞞出身到告白的精神成長故事。後來相繼以自傳小說『春』、『家』、『新生』奠定文壇地位。被譽爲日本十大小說之一的大作『黎明前』，探討的主題擴及日本現代化與西洋的關連問題。作家關心生命如何因自由而充分發展的問題，因此，終其一生與代表權威的「家」及「社會」展開抗爭，其問題意識擴展至日本受西洋文明衝擊所帶來的東西洋文化的衝突。

除了小說、詩，也寫隨筆、童話。「幸福」發表於一九二一年，強調幸福取決於意識，而非物質，展現作家追究人與人生本質的精神。

瑪羅婆婆

◎原作／法瓊・愛蓮娜（英國）

瑪羅婆婆一個人在森林旁邊清貧地生活著。

盤子裡只有一片麵包，洋爐上放著一個鍋子。

沒有說話的對象，生活非常寂寞。

白天，她披上披肩、戴著頭巾，走到屋外附近撿拾木柴。

夜裡，睡在鋪著舊粗布的地板上。

沒有人去探訪、也沒有人關心她。

人們心想，那個老太婆的事沒啥好嚷嚷的，不用去管她。

有一個冬天的星期一。雪積得很深，靜得聽不到半點兒跫音。

但是，瑪羅婆婆覺得窗户似乎傳來微微的啄音，

於是，走近窗邊側耳傾聽。原來是一隻麻雀。

麻雀的模樣既難看又衰弱，眼瞼閉著，嘴都結凍了。

老婆婆立刻打開窗户讓小鳥進來。

然後，把麻雀抱在懷裡喃喃説道：「這麼髒這麼累，

不過，至少這裡有你的位置呢。」

星期二的早上，老婆婆啃著硬硬的麵包時，

麻雀就在一旁啄食麵包屑。

「有朋友在，真開心！」老婆婆心想。

這時，門口傳來爪子抓門的嘎哩嘎哩聲。

原來是一隻貓，牠把前腳趴在門環上。

這隻又餓又渴，骨瘦如柴，

在冰凍了的屋簷下發出微弱的聲音。

老婆婆打開門讓牠進來，溫熱了麵包粥後，

抱起貓放在自己衰老的膝蓋上安撫牠，
說道：「嘿，你呀，瘦得只剩下皮包骨，但是，
至少這裡有你的位置呢。」大家都聚在一起的星期三，
在褥墊上面，麻雀啄著麵包屑，貓正在喝牛奶的時候，
屋外的樹叢傳來悲鳴。
一隻母狐狸帶著六隻小狐狸坐在那裡。
母狐狸非常憔悴，身上的毛都磨光了，
小狐狸們也沒好好地吃東西。
瑪羅婆婆卻喊道：「啊啦，多可愛呀！」知道牠們會進來，
所以把放在膝蓋上的一點食物都分給牠們吃了，
她說：「快來取暖，媽媽啊，凍得像石頭。
至少這裡有你們的位置。」
星期四，騾子來了。是一隻迷路了的騾子，
因為一直馱著沉重的行李，背都受傷了。星期五，非常冷，
冰柱拖得長長的。一頭熊踩著樹枝下山來了。

老婆婆即使只有一點點食物，但每一隻動物都分到了，

「神知道的，每一種動物都有活下去的權利。」

老婆婆把粗布、頭巾、披肩、麵包和茶，

每一樣東西都和動物們分享。

「家裡的人增加了，不過，這裡還容得下一隻呢。」

星期六的晚上，吃飯時間到了，但是，老婆婆沒起床。

貓咪嗚咪嗚、麻雀啣啣地叫，

狐狸說話了：「在睡覺呢。」熊說道：「讓她睡吧。」

然後，動物們把老婆婆抬到騾子的背上，

穿過樹叢，越過山，走了一整個晚上。

到了星期天早晨，攀過最後的雲峰，來到天國的門前。

「誰呀，」看門的聖彼得問道：「你們帶來的那個人？」

騾子、麻雀、貓、狐狸、熊都異口同聲地喊道：

「你難道不知道嗎？（神呀，請施恩！）

她是我們的母親瑪羅婆婆呀！她雖然窮得什麼都沒有，

但是用她那包容寬大的心，給了我們位置。」

就在這時，瑪羅婆婆突然張開眼睛，吃了一驚，揉揉眼睛，低聲問道：「啊，這兒究竟是哪裡？我看見了什麼？咱們回家吧，這兒可不是我來的地方。」

可是，聖彼得説話了：「母親唷，進來，坐上王位吧。這裡有妳的位置呢，瑪羅婆婆！」

法瓊愛蓮娜小傳

法瓊愛蓮娜（Eleanoa Farjeon 一八八一～一九六五），從未接受學校教育，一八九〇年代在倫敦渡過愉快的童年。很早就開始寫故事，從小就喜歡躲在書房讀父親的藏書。生性害羞，但成人後積極加入作家、畫家和音樂家的行列。

愛蓮娜爲孩子寫了至少八十本書，並多次獲得獎項。「瑪羅婆婆」（Mrs.Malone）是愛蓮娜的代表詩作。據説這位充滿魅力與愛心的人物像極了愛蓮娜本人，她本人也很喜歡人和動物，尤其是貓。

人影

◎原作／內田百閒

天黑了以後，老太婆一個人在挽頭髮。

累了的關係，中途，抽起煙斗休息起來了。

她的背影映在紙門上變成貓的形狀。

路過拉紙門另一邊的老鼠，撞見了那個影子嚇得魂飛魄散。

「喝，是貓!好大一隻貓，啊，在動，是大貓怪!」

這麼一想，老鼠的四隻腳顫抖著打起哆嗦來了。

好不容易回到夥伴那兒，告訴大家大貓怪的事。

夥伴們一起前往探個究竟，

透過紙拉門上的橫柱從暗處偷窺。

「事情非同小可。」有隻老鼠打寒顫說道。

大夥兒小聲地唧唧吱吱討論起來。

「這不是山貓嗎？」「是豹吧。」

「是老虎吧。」「不，不，是屋裡的貓變的。」

「啊，在動哩！」「哎呀呀，瞧瞧！從嘴裡吐出煙來了呢。」

這時老太婆打了個哈欠。

老鼠們看到影子，覺得毛骨悚然。

「啊，好恐怖的嘴。」「那個嘴，會把咱們都吃掉吧。」

「牠很快會踩破紙門跳出來呢。」

「再不逃可危險呢，趁現在，偷偷搬到隔壁去吧。」

「隔壁的貓動作敏捷，更危險。」

「可是不能就這樣束手無策呀。」

老太婆剛才就覺得隔壁的房間發出嘀嘀咕咕的聲音，

心想是什麼呀？正想起身瞧個究竟。

聽到聲音，老鼠一溜煙地逃開了。

由於太慌張了，其中有一隻失足掉到榻榻米上。

「真是傷腦筋的老鼠！家裡的貓跑哪兒蹓躂去了？」

老太婆自言自語地說道。

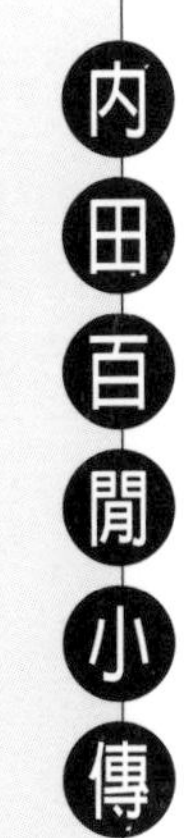

內田百閒小傳

內田百閒（一八八九～一九七一），本名內田榮造。小說家、隨筆家。

以夢及幻想為題材的十八篇小品『冥途』是其第一部作品。之後，帶幽默口吻寫成的隨筆『百鬼園隨筆』受文壇矚目。著有童話集『國王的背』。東京大學德文系畢業的作家，曾以德國傳承故事為底稿寫成『一人的裁判』等。

「人影」發表於一九二九年，原名「老太婆的影子」。因心虛的老鼠不明究理，誤認老太婆的影子是其天敵貓，因不實的幻想而引起心理惶恐，結果是一場疑心暗鬼的鬧劇。作品簡潔幽默，秉承作家一貫戲謔的作風。

仙女之泉

◎原著／笹岡利宏

某個山麓上有座泉水。

那泉水不是普通的泉水，

傳說喝了那泉水任何病都可以治癒，

甚至謠傳連神仙都會從天上翩然降臨飲水。

「咳、咳、哇，被，霧嗆住喉嚨了。」

有個晚上，仙女從雲端飄降了下來。

村子裡的年輕人看到了她美麗的臉龐。

「啊，仙女，做我的老婆吧，」

年輕人的表情非常認真，他戀愛了。

仙女用手掬起泉水啜飲，鼓勵年輕人也喝，

年輕人顫抖著從仙女白皙的玉手喝下泉水。

然後，年輕人的表情明亮了起來，

說道：「啊，仙女，我不要老婆了。」

笹岡利宏小傳

笹岡利宏（一九五九）作家、詩人、畫家。

出生新瀉縣，法政大學日本文學系中途休學。大學時代幾乎都缺席不上課。熱愛寫作、繪畫與下棋。受短篇名手星新一的文風影響，開始對短小精緻的表現形式產生興趣。著有詩集『箱夢之詩集』、『箱夢之話集』，即將出版繪本『箱夢之畫集』。

蜘蛛絲

◎原著／芥川龍之介

（一）

某一天發生的事。

釋迦一個人閒散地走在極樂世界的蓮池旁。開在池裡的花，每一朵都潔白如玉，花朵中間的金色花蕊，不斷地散發出無法形容好聞的味道溢滿四周。極樂世界正是清晨。釋迦不久之後來到池旁，

偶然地從覆在水面的蓮葉隙縫看到了下面的景觀，
在這個極樂世界的蓮花池下面，是地獄。
透過有如水晶般清澈的水，
那三途之河（注）和劍山的景色，
就像用透視鏡看似的非常清晰。
然後，他看到地獄底下，
一個叫犍陀多的男人和其他罪人一起蠕動的樣子。
這個叫犍陀多的男人是個殺人放火做盡各種壞事的小偷。
但是，卻做過一件善事，
那就是這個男人有一次穿過森林深處時，
看到一隻小蜘蛛在路邊爬行，
犍陀多立刻抬起腳想踩死蜘蛛。
但轉念一想：「不行、不行。雖然小，
但畢竟是有生命的東西，隨便殺害這個生命，
未免太可憐了。」於是，沒有踩死那隻蜘蛛，放過了牠。

釋迦邊看著地獄的情景，邊想起這個犍陀多曾幫過蜘蛛。
他想，做了這樣的善事就可以有回報，所以
盡可能將這個男人從地獄救出來吧。
很巧地，旁邊有一隻極樂世界的蜘蛛，
而美麗的銀色蜘蛛就掛在翡翠綠的蓮葉上。
釋迦輕輕地拿起那根蜘蛛絲，
然後，將蜘蛛絲從如玉的白蓮隙縫間
筆直地放到遙遠的地獄底下。

（二）

犍陀多和其他的罪人一起沉浮在地獄最底層血池裡。
張眼望過去一片漆黑，有時在黑暗中浮閃什麼似的，
原來是劍山的劍發出的光，地獄的景況淒涼。
而且，四周有如墓中似的死寂，偶爾傳來罪人輕微的嘆息。
墜入到這裡的人，早已疲於地獄的各種折磨，

連哭的力氣都失去了。

因此，即使是大偷兒犍陀多，

也只能噎在血池裡，像隻垂死青蛙似的掙扎著。

可是，有件事發生了。

犍陀多不經意地抬頭眺望血池的上空，

只見來自遠遠的天上，黑暗中，

銀色的蜘蛛絲彷彿避人眼目似的閃著一條細微的光，

順溜地垂到自己身上。

犍陀多見狀不由得拍手高興起來。

沿著這條絲只要能攀上任何地方，就一定能脫離地獄。

不，順利的話，甚至連極樂世界也能進去。

如此一來，就不必被逼上劍山，也不須沉浮在血池裡。

一想到這裡，

犍陀多很快地兩手緊抓住蜘蛛絲拚命地開始往上爬。

原來就是個大偷兒，早已習慣了做這種事。

可是，由於地獄和極樂世界隔幾萬里，再怎麼著急也沒那麼容易爬上去。爬了一會兒後，犍陀多也累了，完全無法再往上攀了。事出無奈，只好稍微休息一下，他停在蜘蛛絲的中途遙望眼下。

覺得拚命爬畢竟有了代價，剛才自己還浸著的血池，卻不知何時，現在已隱在黑暗的底下。然後，那微微發光的劍山也遠在腳下了。照這種情況再繼續爬的話，脫離地獄並非不可能。

犍陀多雙手抓住蜘蛛絲，
發出墜入地獄幾年來不曾有的聲音笑著說道：
「好極了！好極了！」
但就在此刻，他突然發現蜘蛛絲的下面，
無數罪人們緊跟在自己後面，
簡直像螞蟻的隊伍似的竟也一心一意爬了上來。
犍陀多看到這個景象，由於驚恐的關係，
動也不動地像個傻瓜似的大大地張開嘴巴，
不停地轉動著眼睛。
即使是自己一個人都像要斷了似的、
這根細細的蜘蛛絲如何能承載得了那麼多人的重量？
萬一絲線在途中斷了的話，
好不容易爬到這裡的要緊的自己，
就會倒栽蔥掉回原來的地獄去了。
這怎麼得了！

然而，即使在這種時候，

罪人們仍然幾百幾千人的從漆黑的血池蠕爬而上，

排成一列一個勁兒地沿閃著細光的蜘蛛絲爬上去。

現在再不想個法子，蜘蛛絲一定會從中間斷成兩段掉下去。

於是，犍陀多大聲喊道：

「喝，罪人們！這條蜘蛛絲是俺的東西！

你們到底是聽誰說，爬上來的？下去！下去！」

就在這個節骨眼兒。

原來好端端的蜘蛛絲，

卻突然從犍陀多攀住的地方啪的一聲斷了。

於是，連犍陀多也載不住了。

不一會兒，

逆著風宛如陀螺般轉呀轉地眼看著他被摔進黑暗的底下了。

然後，只剩下極樂的蜘蛛絲閃動著細細的光，

短短地垂在沒有星星的半空中。

（三）

釋迦站在極樂世界的蓮池旁，從頭到尾目睹了這一幕。

等犍陀多有如石子般地沉入血池以後，

他一臉哀傷地走開了。

釋迦認為，

由於犍陀多這種只想救自己脫離地獄的無慈悲的心，

以至於受到了相當大的處罰，

再度墜落地獄，是很可悲的事。

但是，極樂世界蓮池裡的蓮花，

絲毫不把這件事放在心上。

在釋迦的足旁，如玉的白花晃動著它的花萼，

每動一下，

中心的花蕊會不停地飄散出無法形容的香味飄溢四周。

極樂世界已快近正午了。

注：人死後第七天前往冥途時必須渡的河。河流有三處急湍，湍流緩急不同，視亡者生前罪業深淺決定該渡哪一條河。

芥川龍之介小傳

芥川龍之介（一八九二～一九二七），小說家。有日本文壇鬼才之譽。

出身東京大學英文系，年輕時即受西洋文學洗禮，喜歡引用一位法國作家的話：「我知道人生，是因爲書，而不是人的關係」，充份表現其重視理論的知識型傾向。擅長將日本古典小說融合西洋剖析心理的寫作手法。文體洗練、文風理性，是大正期（二十世紀初期）文學的代表作家。

芥川對人性陰暗面的洞察，來自他天生敏銳的觀察力和遺傳性精神衰弱的病體。名作「竹林中」，探討從一名武士被害引發一場人因立場不同而各作出利己證言的人性；「鼻子」描寫軟弱者受謠言影響的動搖心情和旁觀者幸災樂禍的心理。第一部童話「蜘蛛絲」則延續作家剖析人性的擅場，提出自私是人類難獲救贖的議題。

仙女

從前，中國的某鄉下住著一名書生。
中國讀書人都是這樣的吧，
那名書生只管在桃花綻放的窗下埋首讀書。
就在書生家隔壁沒人居住的房子，
有一名年輕的女人──極為貌美的女人，住了進來。
書生覺得這個女人有些蹊蹺，
當然更沒人曉得這個女人的來歷和靠什麼維生了。

一個無風的春天傍晚，書生無意間走到門外，

隱約聽到那個年輕的女人在罵人的聲音，

聽起來像誰家的雞在爭鬥時發出的虛張聲勢。

書生暗忖，發生什麼事了？

步向她家門口一看，只見狀極憤怒眉毛上揚的她，

強按著年老的樵夫坐在地上，

並且連續地拍打他的白髮皤皤的頭。

樵夫爺爺一逕淚流滿面，不停地低頭道歉。

「這，怎麼回事？別再打這個老人家了吧。」

書生按住她的手，很認真地規勸：

「第一，動手打老人家是不符合修身之道的……。」

「什麼老人家？這個砍柴的，比我年輕呢。」

「別開玩笑了，」

「不，這不是玩笑，我是這個樵夫的娘。」

書生瞠目結舌，不由得端詳起她的臉來。

終於推開樵夫的她，說是美，

不如說威嚴的臉上白裡透紅，她毫不猶疑地說道：

「我為了這小子，不知道吃了多少苦。

可是這小子就是不聽我的話，任性胡來，

所以，才變得這麼老。」

「可是，……這個樵夫已經七十歲了吧，

自稱是這個樵夫母親的妳，到底多大歲數啦？」

「我嗎？我有三千六百歲呢。」

聽了這句話，

書生才察覺這個美麗的鄰家女人原來是個仙女。

但是就在同時，仙氣飄逸的她，

突然不知消失到哪兒去了。

在春陽朗照下，獨留樵夫爺爺一個人。……

孔雀

這是一本「伊曾保物語」（注）中的一章，
還沒有人知道這本書。

有一隻傲慢自以為是的烏鴉，

找到了孔雀的羽毛後覆在自己身上，
得意洋洋地不把其他的鳥放在眼裡，
還說絕沒有人比得上牠，
鎮日盤旋在天空誇耀。
其他鳥見狀極為不安，
忍不住說道：「你又不是真孔雀，
憑什麼瞧不起我們！」
於是，群起攻擊，
拔掉了烏鴉的毛、打斷了牠的腳，
被圍攻受傷的烏鴉衰竭後斷氣了。
然後，飛來一隻真正的孔雀。
眾鳥誤以為又是烏鴉喬裝的，
將牠踢打致死。
事後，眾鳥們還說道：
「如果遇到真的孔雀，

那可要克盡禮數好好地對待牠。

唉，這世上，假孔雀實在太多了。」

故事的主旨是，世人愚昧。

連人才、蠢才都分辨不出來。

注：伊索寓言的日文譯本，一五九三年在日本發行。

夜鷹之星

◎原著／宮澤賢治

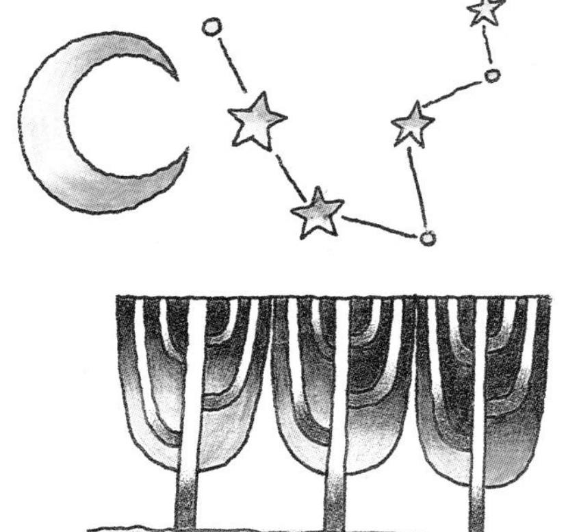

夜鷹（注1），真是一隻很醜的鳥。

一張臉像沾滿了豆瓣醬似的全是斑點，

嘴巴平扁地直裂到耳朵。

腳呢，搖搖晃晃地連兩公尺都走不遠。

其他鳥已經到了只看到夜鷹的臉就覺得很厭惡的地步了。

比如說，連雲雀這種不算美麗的鳥，

都自以為比夜鷹高明得多，每當傍晚，

一遇到夜鷹，就擺出一副嫌棄的樣子，
欲言又止地閉起眼睛，把頭別了過去。
其他體型更小愛饒舌的鳥兒們，
從不避諱地在夜鷹面前數落：「嘿，又出來了呢。
呵，瞧瞧牠那德性，真是丟咱們鳥類的臉。」
「哪，瞧牠那大嘴巴，八成是青蛙的親戚什麼的吧。」
情形就是這樣。
噢，如果不是夜鷹，而是老鷹的話，像這種半調子的小鳥，
恐怕只聽到名字就害怕地打哆嗦，
臉色一變，縮起身子，躲到樹蔭底下了吧。
可是，夜鷹不是老鷹的兄弟也不是親戚，
相反地，夜鷹是美麗的翡翠鳥（注２），
和宛如鳥中寶石的蜂鳥的哥哥。
蜂鳥食花蜜、翡翠鳥啄魚、夜鷹則吃帶翅的蟲子。
而且，夜鷹既沒有尖銳的爪子也沒有尖銳的嘴，

所以，再怎麼膽小的鳥也沒有懼怕夜鷹的理由。

這麼說來，夜鷹名字裡的鷹字取得似乎沒什麼道理。

但話說回來，那是因為夜鷹的翅膀非常強勁，

迎風翱翔的時候，看起來簡直就像老鷹一樣，

另外一個原因，是牠的叫聲高亢，

總覺得和老鷹有相似之處。

當然，老鷹很在意這一點，非常地不悅。

所以，只要一碰到夜鷹，就裝出很威嚴的樣子，

疾言厲色地要求夜鷹改名字。

有一天傍晚，老鷹終於來到夜鷹的家，

「喂，在家嗎？你還沒改名字嗎？

你呀，可真不知恥喲！

你和我，在人格上可說是天壤之別。

比如說，我呢，可以在藍空中任意飛翔，

你呀，只能在多雲陰暗的日子或晚上，才能出來。

還有，請看看我的嘴和爪子，然後再和你的比比看吧。」

「老鷹兄，這太沒有道理了吧。

我的名字可不是擅自取的，是神賜給我的呢。」

「什麼話，說我的名字是神賜的還差不多，

你的名字呀，說起來，

只不過是從我的鷹和夜字借來的，哪，還給我。」

「老鷹兄，這太強人所難了吧！」

「一點兒也不勉強。

我告訴你有哪些好名字。

叫市藏，哪，市藏，好名字吧。

喔，對了，改名字的時候，還得舉行發表會，

聽清楚了吧，你得在脖子掛上寫著市藏的牌子，

一面說從現在開始我改名叫市藏，

然後跟大夥兒們打聲招呼。」

「我做不到！」

「不，做得到！一定要這麼做，

如果到了後天上午，你還沒這麼做的話，

我可要撕裂你的喳。

撕裂喳，你最好有心理準備。

後天一早，我會一家家地尋訪鳥兒的家，

問你來過了沒有？只要有一家沒到，那你可完蛋了！」

「太不講道理了，要我做那種事，

那不如死了的好，現在就請下手殺死我吧。」

「哼，你再好好地想想，市藏這名字並不算壞。」

老鷹奮力張開巨大的翅膀，飛回自己的巢穴去了。

夜鷹閉起眼睛動也不動地想著。

（究竟為什麼我這麼惹人討厭？

是因為我的臉長滿了斑痕，嘴裂得太大的關係吧。

可是，我從來沒做過壞事呢。

小繡眼鳥從窩裡掉下來，我幫著啣牠回巢的時候，

繡眼鳥竟然當我偷牠孩子似的，
一把推開我不說，還嘲笑我。
然後，現在，要我改名叫市藏，
還得在脖子上掛牌子，啊，好難受！）
四周暗了下來，夜鷹飛出巢穴，
天空的雲不安好心地亮著光垂得低低的。
夜鷹的身子幾乎要貼近雲，六神無主地在空中兜著圈子。
然後，夜鷹突然張大嘴巴、翅膀筆直地張開，
如箭似的橫穿天空，不一會兒，
咽喉裡吞進了好幾隻帶翅的小蟲子。
正當身子快貼近地面的當兒，
夜鷹隨即又敏捷地飛向天空。
雲朵變成了鼠灰色，另一頭的山上，燒山的火正焰。
當夜鷹使力飛行的時候，天空像劈成兩邊似的。
一隻甲蟲飛進了夜鷹的喉嚨，拚命的掙扎，

夜鷹很快地將牠吞了下去，但就在那時，自己的背上不禁感到一陣寒慄。

雲朵完全變黑了，只剩東方燒山的火映著紅光，景象可怖。夜鷹覺得胸口很悶，再度衝向天空，

又有一隻甲蟲進了夜鷹的喉嚨。

搧動著的甲蟲使夜鷹的咽喉像哽住似的，夜鷹雖勉強地嚥了下去，但那一剎，心突然跳動起來，夜鷹大聲地哭了出來。

一面哭，夜鷹一面繞著天空團團轉。

（啊，甲蟲呀，許許多多的昆蟲，每晚都被我殺死。然後，孤單的我，這一次即將被老鷹殺掉。真的好苦！啊，好苦、好苦，我不再吃蟲子，餓死算了。不，在這之前，老鷹早把我殺了吧，不，在這以前，我還是去遙遠的天空的另一邊吧。）

焚山的火，漸漸地像水一樣地流散開來，雲也燒得紅紅的。

夜鷹直飛向弟弟翡翠鳥那裡。

美麗的翡翠鳥剛睡醒，正凝望著遙遠的燃燒著的山。

目視著夜鷹降下，

牠說道：「哥哥，晚上好。有什麼急事嗎？」

「沒什麼，我要遠行，所以，先到這兒來看看你。」

「哥哥，不能走啊。

蜂鳥也離得那麼遠，那我不是很孤單嗎？」

「這也沒辦法呀。今天，就什麼也別說了。

對了，你呀，不得已必須果腹的時候除外，

可別惡作劇地捕魚吃喔，哪，再見了。」

「哥哥，怎麼了？再坐一會兒嘛。」

「不，不能老待著，你日後再替我跟蜂鳥說一聲。

再見！再也不見面了，再見！」

夜鷹哭著回到自己的窩。

夏日夜短曙光漸露。

吸吮了黎明的霧的羊齒冷綠地晃動著。

夜鷹高聲嘎嘎地叫著。

牠清理了窩，舔淨自己身上的羽毛後，飛出窩巢。

霧散了，太陽正從東方昇起。

夜鷹忍受著眩目的陽光踉蹌地箭似的朝太陽飛了過去，

「太陽兄，太陽兄。請帶我到你那兒去吧。

燙死也所謂，像我這種醜陋的身體，

即使燙死也還會發出細微的光吧，請帶我走吧。」

可是，再怎麼飛，太陽還是如此的遙遠。

相反地，逐漸變小的太陽說道：「你是夜鷹吧！

原來如此，真苦了你了。

今晚，到天空向星星請求吧。

因為你不是屬於白晝的鳥。」

夜鷹點頭致意後，巍巍顫顫地降落在原野的草叢上，

簡直就像在做夢。

覺得現在自己的身子彷彿直向紅色和黃色的星星群中飛奔，

但無論飛到哪兒，都遭強風吹襲，

又像是被老鷹抓住了似的。………

涼涼的東西遽然掉在臉上，

夜鷹張開眼睛，

是從一枝年輕的芒草葉落下來的露珠兒。

入夜了。天空一片深藍，滿天都是星星。

夜鷹飛向天空，今夜燒山的火仍然豔紅，

夜鷹旋繞在微微的火光和清涼的星光中，再旋轉一次，

然後，奮力向西邊天空美麗的獵户星座飛去。

直直地飛去並嘶叫著，

「星星兄，西邊的藍星兄，請帶我到你那裡去吧，

即使燙死也無所謂。」

但是，獵户星座一直唱著英勇的歌，根本不理會。

夜鷹哭喪著臉，搖晃地降了下來。

好不容易站定後，又衝了上去，
直向南方的大犬星座那兒飛去並嘶叫著，
「星星兄，南方的藍星兄，請帶我到你那裡去吧，
即使燙死也無所謂。」
大犬星座飛快的閃爍著藍色紫色黃色的美麗光芒，
一面說道：「別說傻話了，你到底是什麼呀，
鷹不就是鳥嗎？用你的翅膀飛到這裡來，
需要一億年一兆年哩。」
說完，把臉轉向別的地方去了。
夜鷹很失望，
搖晃著降了下來，
旋繞了兩圈後，
再度奮力直飛向北邊的
大熊星座一面嘶叫著，
「北邊的藍星兄喲，

請帶我到你那裡去吧。」

大熊星安靜地說道：「別想那麼多了，去把腦子冷卻冷卻。

每次發作的時候，看看跳進浮著冰山的海，

如果近的地方沒有海，那就跳進裝冰水的杯子裡去吧，

這是最好的辦法了。」

夜鷹很失望，搖晃地降了下來，在空中旋繞了四圈後，

再度飛向剛從東方升起的銀河對岸的鷹座，並且嘶叫著，

「東方的白星兄喲，請帶我到你那裡去吧，

即使燙死也無所謂。」

天鷹座尊大地說道：「哎呀呀！這是什麼話！

成為星星，還要身分相稱才行，再說，得花一大筆錢呢。」

夜鷹完全失去力氣了。

收起翅膀，本來想降到地面，

但就在牠那無力的腳快觸到地面約三十公分的地方，

夜鷹陡的有如煙火般地再度向天空攀昇上去。

飛到接近天空中央的時候，

夜鷹就像在偷襲熊般地猛力動著身子、羽毛也倒豎了起來。

然後，嘎嘎嘎地高聲嘶鳴，那聲音像極了鷹。

在原野和森林裡睡著了的其他的鳥都醒來了，

一面打顫，一面狐疑地抬眼望向星空。

夜鷹拚命筆直地攀昇而上，

燒山的火微弱地看起來只像香煙的煙灰，

夜鷹往上再往上直衝上去，

呼吸因寒氣在胸前結凍了，

空氣稀薄的關係，翅膀必須動得很急才行。

然而，星星的大小卻絲毫未變，呼氣卻鼓動得像風箱，

寒冷與霜如劍地刺向夜鷹，夜鷹的翅膀疲憊不堪。

於是，牠張開含著淚水的眼再一次逡巡了天空。

是的，這就是夜鷹的最後，

夜鷹究竟是掉下來、飛上去、倒立著，

或許向前，後來就完全不知道了。
只知道牠的心情非常平和，
而那張沾了血的大嘴巴雖然歪向一邊，
但可以確定是帶著微笑的。
不一會兒，夜鷹張開了眼睛。
看到自己的身子現在正變成燐火似的藍光靜靜地燃燒著，
牠的旁邊是仙后座，銀河那灰色的亮光就在背後，
夜鷹之星燃燒著，一直一直燃燒著，
現在也還燃燒著。

注1：夜行性的鳥，掠食昆蟲，體長約三十公分、暗褐色。

注2：翡翠鳥又稱魚狗。在淡水河中捕食魚，嘴大，腹部是橙色，從背部到尾巴呈天藍色，其他部分是深綠色。

宮澤賢治小傳

宮澤賢治（一八九六～一九三三），詩人、兒童文學家。

作家去世雖已超過半世紀，但他仍是極受日本人喜愛及懷念的作家。宗教信仰虔誠的宮澤，座右銘是「個人的幸福源自全體人類的幸福」。喜愛自然科學的他，作品主題不限於人文關懷，也深入探討人與宇宙、愛與寬恕的問題。

宮澤熱愛家鄉，以自創的語言「伊華德福」稱生於斯長於斯的故鄉。寬闊的東北平原、秀逸的青山綠水，豐美的自然景致經常出現在作品裏。作品富於鄉土性，格局寬廣，動物、植物、天文地理都是作品的主題。

由於故鄉岩手縣農村的土地貧瘠、氣候惡劣，影響稻作的收穫甚巨。曾在家鄉農林高中任教的宮澤關注農民生活，幫助農民改良稻作及從事農民教育不遺餘力。後來因稻作收成不佳爲農民請命，在風雨中奔走後種下病根，三十八歲那年死於肺炎。

雞時鐘

◎原作／壺井榮

鄉下的爺爺帶來了純白色的雞。

有著很大的紅色雞冠的是公雞爸爸，

小雞冠的是雞媽媽。

京子他們看到以後高興得不得了。

爺爺動手做起小雞舍來了。

「從今天開始，京子負責餵雞，照雄負責餵水唷！」

聽到爺爺決定了每個人的任務之後，

最年幼的真子著急地問道：

「那我的工作呢？」

「真子負責看管呀！」

真子的任務是看管雞。

每天一大早，雞就啼叫報曉。

雞啼叫是暗號，京子他們聽到以後就跳下床。

雞簡直就像帶著時鐘似的，在固定的時間報曉。

有一天，真子說了：

「爺爺，雞把時鐘藏在這裡呢，一定的！」

然後，把手按在自己的喉嚨上。

壺井榮小傳

壺井榮（一八九九～一九六七）舊姓岩井，小說家、童話作家。

出身木桶製造商家庭，從小即在包括工匠在內二十個人的大家庭中成長。後來與無政府主義詩人壺井繁治結婚，育有三個孩子，家庭生活並不富裕，但仍養育了自己的妹妹和姪女兒。

直到四十歲都還是專業家庭主婦的壺井，一九三四年開始寫作，並受丈夫影響參加無產階級革命運動。一九五四年，以第二次世界大戰爲背景，描寫一名小學教師和學生之間情感交流的故事『二十四隻眼睛』，情節溫馨感人，被譽爲反戰電影里程碑，後來改拍成電影，轟動一時。

作家出身香川縣小豆島，受故鄉大自然與生活的薰陶，作品極富風土性和庶民性。曾是專業主婦及從事革命運動的體驗，造就其兼富社會性與現實性的文學特色。

母親的手掌

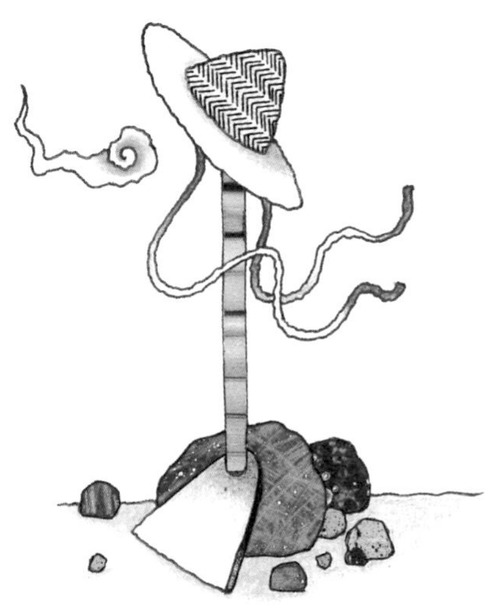

我的母親是鄉下農家的女子。
只要天氣好，
她就拿著鋤頭耕種田地或者帶著鐮刀上山砍柴，
總之，母親有一雙愛勞動的手。
母親有時候會凝視自己的手，流露出感慨的樣子。
骨節很大，手指很粗，皮膚很硬的母親的手。
但是，我知道母親的那雙手，

非常地溫柔、能幹、不偏袒。

當我生病的時候，母親的手如果在我的背上、
手和腳摩挲的話，我的病就會逐漸好轉。
而且，我的母親也會為我們做沙袋和線扎的球。
她在沙袋中放小豆子，用彩色的線交叉地縫線球，
那雙手真是靈巧又親切。曾發生過這樣的一件事。
有一個星期天，我和弟弟，一起上山去揹柴。
母親當然也一塊兒。

我出身的村子是瀨户內海小豆島中的小村子。
小豆島的正中間沈甸甸地矗立著神懸山和連接著的許多山。
生活在山下的人必須爬上山坡去砍柴。
這和拉著車走平坦的路不一樣，上山砍柴是一件苦差事兒。
這種事從很久以前一直持續到現在。
從我家到山上距離有四公里之遙，
在路上，至少會停下來一次吃點心。

點心放在布袋裡綁在母親背上揹著的孩子身上。

「娘，那個。」我們指著那布袋央求了大概第三次以後，母親會打開袋口。袋子裡無論裝的是柿子、栗子或烤過的蕃薯，母親都會分給我們一樣的數量。

可是我們卻睜大眼睛相互比較自己的份兒是否少了。

然後，有時候會划拳來分。

有一天，點心是蠶豆。母親從袋子裡抓一把以後，我和弟弟為了誰多誰少抱怨著。

「數數看，誰少了我再補。」

經母親這麼一說，我和弟弟一二三地數了起來，兩個人都是二十八個。我和弟弟都服氣得沒話說。

真是一雙不偏袒的母的親手。

「簡直就和升斗量的一樣呢。」

「嗯，娘的手是升斗呢。」

我到現在仍經常回想，並凝視著自己的手。

鳥的嘴

◎原作／野村純三

麻雀的嘴是三角形，非常地堅硬。
麻雀喜歡吃米粒那種硬的東西，
所以，如果沒有堅硬的嘴，那可傷腦筋了。
黃鶯的嘴雖然沒有那麼堅硬，但是，尖尖的。
因為黃鶯吃軟軟的虫子，所以，
嘴巴長得像牙籤那樣，恰到好處。

老鷹的嘴尖銳地朝下彎曲。
老鷹用這個銳利的嘴，
將鳥和動物的肉撕裂吃下去。
鴨子的嘴扁扁平平，
在周圍還有像牙齒那樣的東西並排著，
和餌一起進到口中的水，
就從這裡擠出去。
塘鵝的嘴有一個很大的袋子。
塘鵝一面游著水，
一面撈起魚來，
放進這個袋子。
小塘鵝把脖子伸進媽媽的嘴，
吃袋子裡的魚。

野村純三小傳

野村純三（一九一七）教育家、兒童文學作家。

出生福岡縣，福岡師範學校畢業，曾任日本成蹊小學校長、日本私立小學連合會會長。著有教育及傳記方面的作品。並爲出版社編輯了許多膾炙人口的兒童讀物，有『鐫刻在心靈的一年級學生讀物』及『鐫刻在新鮮心靈的一年級學生讀物』等系列。

五十隻手

◎原作／宮川博

吉田君子是班上最愛撒嬌的女生。

一到下課時間，她比誰都更快地跑上前，

拉住老師的手，吊在老師的手臂上盪來盪去。

「只有君子這麼做，好狡猾！」

即使其他朋友看了很生氣，

君子還是抓得緊緊的，不肯放手。

於是，級任導師木村用稍微嚴厲的聲音，跟君子說：

「老師只有兩隻手。不過，妳的朋友有五十個人呢。

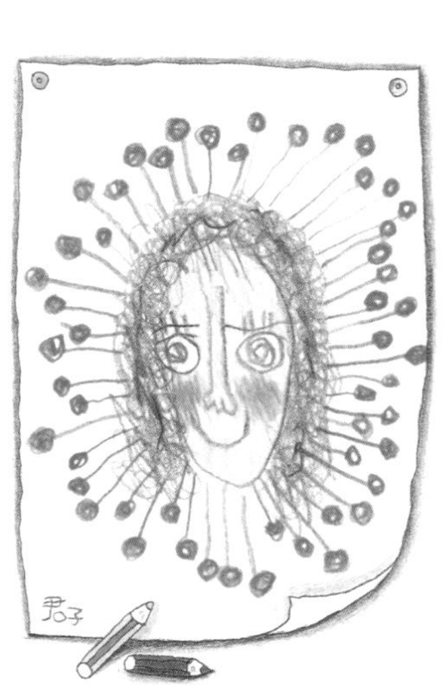

在老師的手變成五十隻以前，妳就忍耐著點兒吧。」

君子現出悲哀的表情。雖然那樣，

她還是乖乖地做了不吊老師手上晃來晃去的孩子。

後來，過了四、五天，是畫圖時間，

可以自由地畫自己喜歡的畫。

每個孩子嘴裡嘰嘰咕咕地很愉快似地畫著圖。

畫好的人就拿去給老師看。「君子的畫是什麼畫呀？」

老師偏著頭問道。圖畫紙上，畫了一個燙髮的女人的臉，

在那張臉的四面八方，伸出了好幾條線。

在線的前端，塗著圓圓的東西。

「嗯，是老師的手變成五十隻了。」君子害羞地說道。

要正確地數五十條線，然後拖得長長以後再畫出來，

不是件簡單的事。所以，

畫紙上有用橡皮擦拭後留下的髒髒的痕跡。

老師感到有些難過。從那一天開始，

當老師站在門口和小朋友說「再見」時，
就一個一個地握手道再見。
每個孩子都快快樂樂地回家了。
老師的手留下了每個人的味道，是一種奶香的味道。

宮川博小傳

宮川博（一九二三），童話作家。縣立女子師範學校中途休學，曾在公立小學擔任教職工作。

第二次世界大戰期間，曾体驗帶領學童集體避難的生活。一九五六年，在日本兒童文學者協會主辦的新日本童話教室講課，並與同仁創辦兒童文學雜誌「童話教室」，先後發表鄉土故事。一九六九年，以本身曾因生產休假的教師經驗爲背景，發表了「休假教師」。

此後，除發表以教師與孩子們之間的交流爲主題的作品外，還有以民話文風描寫戰爭的悲慘及以避難生活爲背景的故事。作者以女性纖細敏感的視線，凝視庶民的日常生活並精確描寫的作風，獲得極高的評價。曾多次榮獲兒童文學獎。

象的鼻子為什麼那麼長？

◎原作／鶴見正夫

象的鼻子剛開始並不像現在這麼長。

從前從前，很久以前，象的鼻子很短，形狀像長筒靴，根本就不能撿東西什麼的。

那時，在南方國家，有一隻小象。

這隻小象非常好奇，什麼事情都想知道。

如果遇到有不知道的事情，就繞著人家四處問。

「鴕鳥阿姨，為什麼妳屁股上的羽毛是縮著的？」

「笨蛋！問這種莫名其妙的問題！」

生氣了的鴕鳥，用腳重重地踢了小象。「好痛哪，阿姨。」

「長頸鹿叔叔，為什麼你身上有斑紋？」

「因為有，所以有，你這隻小象混球！」

長頸鹿也用蹄子的爪狠狠地推小象的屁股。

遇到河馬，小象問道：「為什麼眼睛這麼紅？」

「河馬原來就長這副模樣，真無聊！」

河馬也用胖胖的腿啪地踢走小象。

「好痛呢，為什麼我一問問題，大家就打我呢？」

有一天。小象一面吃哈密瓜，一面問狒狒：

「叔叔，哈密瓜的味道為什麼會這樣？」

「我怎麼知道！」小象又被狒狒的腳給踢了。

儘管這樣，小象還是有很多不明白的事情。

那時候，小象還沒看過鱷魚。「鱷魚，他都吃些什麼呢？」

雖然到處問，但沒有人告訴他。可是，又挨揍了。

「好痛！」後來，只有看過鱷魚的圓滾滾的鳥悄悄的告訴他：

「你到那條大大的綠色河邊，找找看。」

於是，小象找鱷魚去了。

太陽很曬，小象頭上直冒汗，一路上，

小象猛吃哈密瓜潤喉。扣扣叩叩地發出走路的聲音，

小象終於來到大大的綠色河邊，

岸邊，有一個圓木頭躺在那裡，

小象用前腳踩踩看，「嘿、嘿，誰？誰呀？」

圓木頭張開眼睛。「啊！圓木頭先生，吵醒你了，

對不起！這附近有沒有鱷魚呀？」

圓木頭先生：「呵！」地笑了出來，「俺就是鱷魚呀！」

小象嚇了一跳：「你就是鱷魚先生呀？」

然後眨著眼睛問道：「鱷魚先生，每天都吃些什麼呢？」

「正好，今天，就吃掉你！」

鱷魚突然張開大大的嘴，一口啣住了小象的鼻子。

「啊，疼，疼，疼，放開！」

「才不呢！」心想，被拉到河裡的話那可糟了，

小象拚命地一屁股坐在地上，喊著：「放開！放開！」

鱷魚不肯鬆開。鼻子拉長，慢慢地拉長了。

蛇從堤坊上跑了下來，說道：「別輸給鱷魚，我來幫你。」

蛇纏住小象的腳，喊道：「喂，退後，鼻子，退後！」

鱷魚還在拉。鼻子拉長了，很快地拉得長長的。

咻砰！用力一彈，小象跌了個四腳朝天。

好極了，鼻子抽出來了。可是，小象這下子傷腦筋了。

他的鼻子被拉得長長的，搖呀搖的。

即使浸在水裡，也縮不短。拚命地捲呀捲，也捲不短。

然後，蛇說話了：「長比較好。可以搆到高的地方，也可以搆到低的地方，還可以汲水洗澡呢。」

「說得對！」小象用鼻子拔起腳邊的草放進嘴裡，用鼻子揪下高高樹上的香蕉，說道：「啊，真好吃。」

然後，說道：「蛇先生，謝謝！」露出微笑，回家了，

小象的鼻子是很漂亮的鼻子。其他的象羨慕得不得了。

於是，大家一窩蜂跑到綠色河岸，

拜託鱷魚先生把牠們的鼻子拉得長長的。晃呀晃的。

象的鼻子就從那個時候開始變得那麼長的。

注：這篇童話的原始構想，源自印度作家拉雅德・吉卜林（Rudyard Kipling 1865~1936）的作品「大象的小孩」（收錄於玉山社出版公司『原來如此的故事』）。

鶴見正夫（一九二六），兒童文學家、詩人。

在大學時代即開始寫詩和童謠。畢業後，曾在小學館出版社編輯部及國會圖書館工作。

一九五一年，所寫的童謠獲教育部頒發大獎之後，開始寫童話和少年小說。從一九六三年開始，積極參加新童謠創作運動，以「下雨小熊」榮獲日本童謠獎及赤鳥文學獎。

後來以自己幼少年期的體驗作爲創作動機，創作了詩與童話，戰爭的體驗也助長其創作意欲，著有『被隱藏的荷蘭人』、『長冬物語』、『最後的武士』、『鮭魚來自的河川』，詩集有『日本海之詩』等。

國家圖書館出版品預行編目資料

大師童心—給「心」洗洗澡／新美南吉等著；
姚巧梅譯. －第一版.
--臺北市：大地, 2002〔民90〕
面； 公分. －

ISBN 957-8290-54-3（平裝）

861.62 91000610

作　　者：新美南吉 等著
譯　　者：姚巧梅
插　　畫：葉慧君
創 辦 人：姚宜瑛
發 行 人：吳錫清
主　　編：陳玟玟
美術編輯：黃雲華
出 版 者：大地出版社
社　　址：台北市內湖區內湖路2段103巷104號1樓
劃撥帳號：0019252－9（戶名：大地出版社）
電　　話：(02)2627－7749
傳　　真：(02)2627－0895
E-mail：vastplai@ms45.hinet.net
印 刷 者：晨捷印製股份有限公司
一版一刷：2002年2月
定　　價：250元

大地